露珠

李昌憲——著

目次

第三輯 人文地景

第四輯 社會關懷

第五輯 生態觀察

【序】

平實的心聲
——讀李昌憲詩集《露珠》

莫渝

在台灣詩人的系譜脈絡，李昌憲從一九七〇年代青年詩社「綠地詩社」、「陽光小集」，到一九八〇年代加入「笠」社。加入「笠」社前後，有詩〈廢氣飄飄處處聞〉刊登在《春風詩叢刊》第1號（一九八四年四月）「獄中詩專輯」，這是一首環境生態詩；該刊是份左翼刊物，該期因「內容挑撥政府與人民感情，選載匪幹作品」被台灣警備總司令部查禁。就創作歷程，三十餘年的詩作，包括二〇〇五年出版的《仰觀星空》和《從青春到白髮》兩冊詩集，李昌憲大抵被定位為「勞工詩人」、「生態詩人」。這兩個面向，都與他的職業和詩人的關心視角緊密結合。

二〇〇五年，他從華泰電子公司資材部經理職務退休，轉任顧問職赴中國蘇州協助公司建廠，二〇〇六年六月正式離開熟悉的電子產業，進入人生另一階段。誠如在《笠》詩刊265期（二〇〇八年六月十五日）專輯「詩人的迷戀」〈迷戀我的舊愛新歡〉乙文，他說退休之後，依舊迷戀五個舊愛新歡：「買書、寫作、品茗養壺、篆刻、攝影」。為此，莫渝稱他台灣新詩界的「五絕詩人」。前年，他考取高雄市街頭藝人證照，正式登入篆刻家。藝人走向街頭，看似優於象牙塔內的詩人；今年，他提出一本攝影詩集《美的視界——慢遊大高雄詩攝影集》，連連傳出喜訊。

本詩集《露珠》是他近五、六年新作品的另一部創作結集，全書分五輯：國外旅遊（15首）、生活抒情（21首）、人文地景（22首）、社會關懷（20首）、生態觀察（21首），共99首（「小詩一輯」分計，則有103首）。這百首左右的詩作，除了生態與勞工兩方面的繼續觀察書寫外，旅遊的體驗、親情的表露及國家定位的思索，都有比較重的書寫。

離開職場，有比較充裕且自在自適的時間，從事旅遊，或國外或島內與離島，有時個人有時隨團，詩人的筆是競爭的筆，走到哪裡就寫到哪裡，影像定格有必要，詩文字的定格更必要。《露珠》詩集內，國外旅遊和人文地景兩輯37首，都是旅行文學的記錄。遠至北亞的蒙古，詩作最多，那是第一屆「台蒙詩歌節」（二〇〇五年）台灣詩人的「遠征」收穫，見證瀚瀚沙漠的酷熱與遼闊草原的柔美。〈蒙古包聯想〉一詩，感受傳統游牧與現代文明的衝擊：「一九九一年蘇聯解體／草原，是還給蒙古人的草原／天空，是還給蒙古人的天空／蒙古人開始／不一樣的游牧生活／／一樣的蒙古包／傳承了千百年／擋過風雪遮過炙熱／卻擋不住／現代文明的入侵」，異種文化的碰撞，仍需結合融匯：

蒙古包外綁著馬匹
為何多買了汽車或機車？

看見不一樣的蒙古人
正發動汽車，快速
追上現代文明

〈詩，是開啟永恆的鑰匙〉乙作是結尾篇，返國前往機場途中，東邊與中天夜色降臨，唯西邊：

日落草原以後
動人的金黃色絲帶
就懸掛地平線兩頭
這映照久久不散

友誼的手緊緊互握
連結兩國詩人們
在心動深處，握筆寫
詩，是開啟永恆的鑰匙

「動人的金黃色絲帶」彷彿永恆的詩篇，悸動著詩人的筆和攝影機，傳遞了詩人對「美」的捕捉與讚嘆。

旅遊擴展詩人的見聞視野及新奇驚豔的感受；而親情的流露，仍是詩人筆端的自然面，尤其是有關對伴侶妻子的著筆，不掩真實真誠。二〇〇五、〇六年間旅居外地（中國蘇州）夜晚難眠，「恍忽中聽見／妻的鼾聲／隔空隔海傳來」（詩〈睡不著〉）這是夢境的寫照，現實情境則是「妻的鼾聲／三月的春雷／響在午夜／／突然轉身／抱住我／親了又親」（詩〈妻的鼾聲〉），一夢一實，都是思念的投射。清晨，為取角拍攝一顆「留在花瓣上的露珠」、「閃亮鑽石光芒的露珠」，想及結婚三十年的伴侶。露珠，晶瑩剔透；妻子，相依相伴。在攝影機的鏡頭與文字間同時留住美麗光芒，見識詩人的純情告白。

原題〈紀念二二八〉的〈白鷺鷥〉一作，也發揮類似〈露珠——紀念結婚三十年〉乙詩的技法，讓原本無相關的兩物像／個體（露珠與妻子），在「美」的感應下，串聯起新的關係組合。全詩如下：

孤單的白鷺鷥
縮著一隻腳獨立
面向愛河
一言不發

早凋的英靈
重回現場參加
紀念二二八活動
六十二週年一晃而過

想及歷史性的傷口
再度爆開
鮮血染紅圓山
飯店外棍棒侍候

整個下午白鷺鷥
縮著一隻腳獨立
思索下一步
怎麼飛出去

政治無所不包。「海晏河清」是任何時空下庶民的盼望。一時代一時代過去，任一新時代的掌權者都在把玩權力，滿足少部分同夥（利益共構群）的慾望。一九四七年春天的二二八事件，是台灣歷史重大災難，台籍菁英份子腰折，加害者長期掌控權力階級，抹煞史實，掩蓋真相。「六十二週年一晃而過」，人事全非，當事人及其後代的傷痕無以聊慰。紀念活動的意義與價值，無法獲得合理的公義。一隻白鷺鷥的出現，突顯受難家屬的孤苦無依。史不實，人無言。白鷺鷥，原本與政治無關，與紀念活動無關。只因孤單地出現，「縮著一隻腳獨立」，卻成為詩裡反襯的角色，以及「台灣獨立」的徵象，益增事件的悲涼。

從以上抽樣幾首詩的書寫角度來看李昌憲——一位誠懇正直的詩人，不拐彎抹角，也許不算喃喃自語，倒像蘇聯「悄派」的表現。二十世紀中期，蘇聯詩歌出現「大聲疾呼派」（響派）與「悄聲細語」（悄派）兩種類對立的書寫風向球。兩種詩風，顧名思義，一外展一內向。昌憲兄這本新著，百首作品，篇幅均不長，大都在三十行以內，文句輕巧樸素，既無強烈措詞，也缺鮮豔色澤，呼應著書名「露珠」一樣：「妳的美麗光芒，在我心中／永不消失，永不消失」。或許因此，讀者感受到的是他那真誠平實的心聲。

二〇一一年九月二十九日

第一輯

國外旅遊

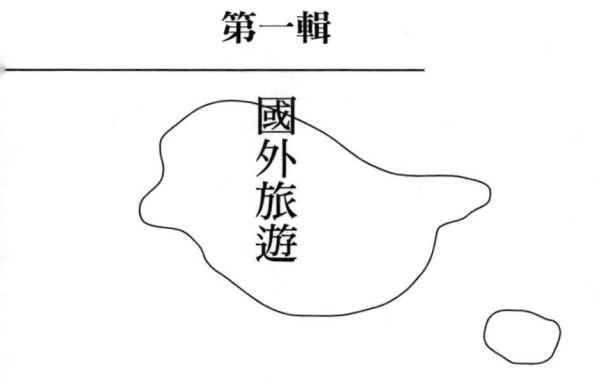

詩，是開啟永恆的鑰匙

蒙古詩人們向我們
握手道別　依依離情
烏蘭巴托[1]的燈火已點亮
兩國詩人們心中的燈火也點亮

我們搭車往烏蘭巴托機場
天空的藍已經看不見了
黑暗遮沒草原
知道我們即將離開

讓我們看一次就難忘
日落草原以後
動人的金黃色絲帶
就懸掛地平線兩頭
這映照久久不散

1 編按：烏蘭巴托是蒙古國首都。

友誼的手緊緊互握
連結兩國詩人們
在心動深處，握筆寫
詩，是開啟永恆的鑰匙

二〇〇五年七月十二日－二十日蒙古參加「台蒙詩歌節」
二〇〇五年十月十五日《文學台灣》56期

以詩握手

飛機安全降落烏蘭巴托機場
感覺是如此親近
打開百揚格勒飯店的窗
我看見發電廠的煙囪
撐開蒙古國的早晨

到達台蒙詩歌節會場
以詩握手　互相認識
像訂婚交換信物
一冊蒙漢對譯詩集
打開兩國詩人的詩心

發揚愛與和平的主題
開拓內在探求真理
詩可以洶湧澎湃
詩可以沉潛內斂
點點滴滴在心頭

翻開台灣詩人作品集
我上台朗誦〈煙囪〉
寄望蒙古草原無污染
萬馬可以永續馳騁
無災無禍戰爭不再有

二〇〇五年七月十二日－二十日蒙古參加「台蒙詩歌節」
二〇〇五年十月十五日《文學台灣》56期

蒙古包聯想

一九九一年蘇聯解體
草原，是還給蒙古人的草原
天空，是還給蒙古人的天空
蒙古人開始
不一樣的游牧生活

一樣的蒙古包
傳承了千百年
擋過風雪遮過炙熱
卻擋不住
現代文明的入侵

蒙古包外綁著馬匹
為何多買了汽車或機車？
看見不一樣的蒙古人
正發動汽車，快速
追上現代文明

想起自己是游牧上班族
經常出差或派駐海外
在現代化的電子廠工作
意識到未來的路
不平坦，只適合騎馬

二〇〇五年七月十二日－二十日蒙古參加「台蒙詩歌節」
二〇〇五年十月十五日《笠》詩刊249期

蒙古野馬

曾經統治歐亞大陸
蒙古野馬為蒙古的統治者
捐軀，直至
消失在蒙古草原

戰爭威脅祖先的生命
都已經遠去
蒙古野馬也已遺忘
祖先馳騁的帝國雄風

解說員訴說蒙古野馬的故事
蒙古野馬一句話也沒說
只顧低頭吃著青草
向台灣旅客嗚嘶幾聲

宣示獨立與自由
在哈斯台國家公園

蒙古野馬要一代延續一代
繁殖圖騰的象徵

二〇〇五年七月十二日－二十日蒙古參加「台蒙詩歌節」
二〇〇五年十月十五日《文學台灣》56期

灰鶴

車輪與鐵軌磨擦
驚嚇一群灰鶴家族
對火車上的人類
鳴叫同時灑屎
抗議

人類
穿越牠們的領土
威脅牠們的生存權

我看見
牠們優雅的飛行
那是牠們的領空

放心飛吧
飛過蒙古國的領土
這裡沒有子彈與坦克

飛越蒙古國的領空
這裡沒有戰機與飛彈

二〇〇五年七月十二日－二十日蒙古參加「台蒙詩歌節」
二〇〇六年四月十五日《笠》詩刊252期

初生之犢

蒙古草原很廣闊很安全
已經沒有威脅生命的狼群
一隻落單的初生之犢
縮著身軀躺臥草原
孤獨的眼看我們

緩慢站起來
以脆弱的腿平衡身軀
未斷的臍帶已經風乾
豎起耳朵搖了幾下尾巴
是聽到什麼聲音嗎

牧童騎機車前來
說：初生之犢是他的
沒有人會懷疑
藍寶石的天空是他的
廣闊的草原也是他的

用五百隻羊　換一部機車
用機車可以統領這片草原
牛羊群逐漸遠去
牧童轉身　向現實人生
追　去

二〇〇五年七月十二日－二十日蒙古參加「台蒙詩歌節」
二〇〇五年十月十五日《笠》詩刊249期

不一樣的旅程

搭乘軟臥舖寬軌火車
前進賽音山達*
草原太遼闊
走走　停停
時快　時慢

不一樣的旅程　看見
不一樣的景觀　瞬間
消失　在視覺之外
美的轉彎處
人生的火車頭
動力持續　衝向地平線

我用長鏡頭
將不一樣的旅程
視界　定格

* 編按：為蒙古東戈壁省的省會，是蒙古縱貫鐵路必經之地。

美的構圖
儲存成數位照片
在人生的記憶卡

我累了想睡
似睡　猶醒
窗框外星斗滿天
夜空和台灣一樣
思啊想啊起
感受是不一樣的

草原蒙古早已獨立
火車繼續前進
戈壁沙漠的旅程
軌道閃著銀光
映照在蒙古版圖

海洋台灣風雨飄搖
路　仍在爭執
船　在海上
人　在異鄉
孤　獨

二〇〇五年七月十二日－二十日蒙古參加「台蒙詩歌節」
二〇〇五年十月十五日《笠》詩刊249期

恐龍化石

南戈壁四十度C以上的高溫
無法阻止觀光客
拿起兩粒恐龍蛋，拍照
證明，到此一遊

恐龍骨骸化石
裸露在戈壁沙漠地表
寬銀幕般展現
侏羅紀的震撼場景

恐龍主宰的世紀
消失，像剛才偶然
看見戈壁沙漠的
海市蜃樓

也許，轉個彎
換個視角

就不見了
人類的世紀

二〇〇五年七月十二日—二十日蒙古參加「台蒙詩歌節」
二〇〇五年十月十五日《文學台灣》56期

沙漠中的哈木林寺

沙漠中的哈木林寺
殘存的劫後遺址
讓我們看見
宗教信仰的力量

蘇聯的坦克大進擊
哈木林寺被摧毀
數百犧牲生命的喇嘛
血滲入沙漠中
凝固或者蒸發

逃過死劫的喇嘛
發願重建哈木林寺
虔誠的誦經聲
穿越無邊沙漠
超拔無數的苦難靈魂

喇嘛繼續誦經
為捐獻供養的旅客祈福
唸動　念動
六字真言
沙漠日午四十五度高溫
人性也跟著昇華

附記：喇嘛的誦經，因語言的緣故，大概聽得懂的只有六字真言。

二〇〇五年七月十二日－二十日蒙古參加「台蒙詩歌節」
二〇〇六年四月十五日《笠》詩刊252期

敖包隨想

搭火車離開烏蘭巴托
向東戈壁沙漠奔去
蒙古草原的牛羊群
一路相送

詩人們探索的眼睛
沿鐵軌兩旁搜尋
蒙古族統治過的版圖
看不到留下的遺跡

只有山頭的敖包
世世代代成為
廣闊草原的地標
以不滅的意志見證

雄壯的征戰鐵騎疾如狂風
橫掃歐亞大陸的蒙古人

被蘇聯坦克鎮壓的蒙古國
都只是短暫的歷史

統治者與被統治者
改朝換代輪迴演出
草原依舊是草原
繞敖包三圈
許個願保平安吧

二〇〇五年七月十二日－二十日蒙古參加「台蒙詩歌節」
二〇〇六年四月十五日《笠》詩刊252期

高棉的微笑

巴揚寺的佛頭
永遠微笑注視
四面八方的國土
傳達大乘佛教的
慈　悲　喜　捨

巴揚寺的佛頭
微笑凝視等待
同時向天空細說
一個偉大王朝
起　落　興　亡

巴揚寺的佛頭
是看盡高棉歷經
慘烈的戰爭血流成河
殖民的炮火無力抵抗
異端者屠殺屍骨成堆

巴揚寺的佛頭
等候七百多年
漫長的沉澱昇華
終於讓世人再看見
高棉的微笑

二〇〇六年十月十五日—十九日遊吳哥窟寫於旅館
二〇〇七年六月十九日修訂
二〇〇七年十月二十五日《台灣現代詩》11期

吳哥寺日出

我在吳哥寺水池前
等待拍攝吳哥寺日出
天際微亮，吳哥寺顯現
雄偉莊嚴的建築輪廓

尖塔恭敬迎接
諸神降臨出水蓮花
數百年來看盡
人世間的樂、喜、怒、哀

日出光影變化萬千
映入寺前的水池
華美影像
虛實交疊

按快門的攝影者
要用照片影片

讓世界重新看見
吳哥寺莊嚴的美

二〇〇六年十月十五日－十九日遊吳哥寫於美麗殿
二〇〇七年四月十九日修訂
二〇〇八年三月二十五日《台灣現代詩》13期

天趣

遇見夢窗國師
坐在曹源池庭園
和臨濟宗的僧人
一起煮茶品飲
禪意

直到煙雲散去
我的頭不知不覺
被重重敲了一下
驚覺他已隨風
隱去

留下山水畫卷
在永續的時空
看見一片葉子
飄落水面盡得
天趣

附記：二〇〇七年二月十八日新正，遊列入世界文化遺產的京都天龍寺，我駐足觀賞很久，數百年前夢窗國師建造的曹源池庭園，維護保持得非常好，整個庭園仍似活的山水畫卷；茶庭依舊透出茶道的氛圍，盛行於唐宋的鬥茶趣消失了，我們改用小壺喝茶，是否仍在此得到發揚？

二〇〇七年十二月十五日《笠》詩刊262期

雪

雪花
以紛飛意象
為大地寫詩

雪壁
以厚度詮釋
立山黑部高原

旅人啊
請慢慢走
用心讀
雪的深度

二〇〇七年五月黑部立山
二〇一〇年三月一日修訂
二〇一〇年八月十五日《笠》詩刊278期

滑雪者

我用長鏡頭鎖定
高原的滑雪者

孤獨而興奮
用力往上攀爬

呼嘯而過的風
伴隨疲倦的雲

為追求速度快感
生命化入積雪的高原

二〇〇七年五月黑部立山
二〇一〇年三月一日修訂
二〇一〇年八月十五日《笠》詩刊278期

第二輯

生活抒情

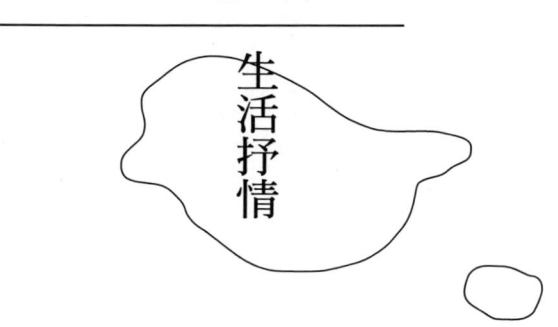

凝視

——題王水河雕塑

母性的凝視裡
人間的情與愛
真真假假
總在揮手的時候
流動著樂喜怒哀

母性的凝視裡
人間的聚與別
猶似夢中
歸鄉遊子的跫音
思念如蓮花開落

母性的凝視裡
人間的美與醜
陸續沉澱
在意識中潛流
化入藝術的肌理

母性的凝視裡
人間的真與善
隨緣頓悟
在時間之河
成為一尊塑像

二〇〇五年當代木雕藝術采風展
專集《雕塑與詩的對話》二〇〇五年七月出版

睡不著

妻每天打電話
不知是想我
還是遙控

今夜蘇州零下三度
凍醒，再也睡不著

恍忽中聽見
妻的鼾聲
隔空隔海傳來

二〇〇五年十二月三十日蘇州
二〇〇六年九月二十四日修訂
二〇〇七年八月十五日《笠》詩刊260期

奶瓶的重量

微溫的牛奶
她用力吸吮
滿足閉上眼睛

聽到打嗝的聲音
我開始感受到
奶瓶的重量

一九八一年－一九八四年舊作修訂
二〇〇八年六月二十五日《台灣現代詩》14期

相見歡

每一根白髮如巨大纜繩
為何用力都綁不住
青春　已無法想像
青春　真的會回頭
驚喜三十年後重逢
我們的相見歡

猶記第一次搭運輸艦
乘十二級驚濤駭浪
避風於澎湖港
我們到甲板上
一起振臂高呼
迎接海上的日出

繼續在夜間航行
黑暗海上如孤軍
料羅灣搶灘踏上金門
服兵役駐守雕堡

如今金門已不是戰地
我們已頭髮斑白

附記：三十年後與一起服兵役的伙伴重逢。

二〇〇七年八月十五日《笠》詩刊260期

妻的鼾聲

生活用巨掌
重重把我們
推倒在床上

還來不及喊
痛

妻的鼾聲
三月的春雷
響在午夜

突然轉身
抱住我
親了又親

二〇〇八年三月十八日高雄市觀海樓
二〇〇八年六月二十五日《台灣現代詩》14期

春雨

半夢半醒半睡
妳的手習慣
跨越我的土地

感覺暖流
相遇
乾渴的土地

好久不見
春雨
來得正是時候

二〇〇七年十月高雄市文化中心「石鼓詩」展出
二〇〇七年十二月高雄市政府文化局出版《幸福》「石鼓詩」專集
二〇一〇年入選公車詩，八月五日高雄市公共汽車管理處出版

諦聽

諦聽大自然
神祕的聲音
不知來自何處
生生不息律動著

大自然從不
萬籟俱寂
許多未知的生物
在山居夜裡騷動

慢慢融入這空間
氛圍如秘境，感知
大自然的偉大力量
正回應我的呼吸

清楚諦聽自己
內在的真實聲音

隨時間營養心靈
成為詩

附記：總在假日歸回山居，回去陪父母親，也讓自己沉澱。父親總會來書房和我聊天，直到夜深，他才去睡覺。然而我竟輾轉無眠，好像是萬籟俱寂，但再仔細聽，一種來自大自然界的聲音，彷彿很近，不過靠近卻聽不見！是回歸到生命最初的那種內在心靈的聲音，我有一種感知與諦聽的欣喜。

二〇〇七年四月十九日台南・聽鳥書房
二〇〇七年十二月十五日《笠》詩刊262期

月影下

——我和我的影子錯身而過

年少輕狂的我
追著我的影子賽跑
退休後猛然回頭
錯身而過的影子追我
把我趕成銀髮族

社區公園銀髮族群聚
每天下棋砍掉時間
人生都已征戰過
成敗榮枯總在笑談中
從記憶的甕底挖出

逐漸崩壞的身體
病痛越過楚河漢界
殘酷的生命現實
貼近眼前有限的步法
人生如棋何時被將軍

二〇〇八年新春於觀海樓

二〇〇八年當代木雕藝術采風展

專集《雕塑與詩的對話》二〇〇八年七月出版

力貫古今

混沌中凝聚
堅定的念力
貫穿時空
古與今相遇
天與地相應

人類持續破壞大自然
以人定勝天的意志力
切割成V的傷口
無法復原

天與地劇烈疼痛
欲哭而無聲掙扎
反撲的震災風災雪災
災災相連

二十一世紀的人類
要在逆勢中覺醒

才能看見未來
一望無際的藍天
展現勝利的V

二〇〇八年新春於觀海樓
二〇〇八年當代木雕藝術采風展
專集《雕塑與詩的對話》二〇〇八年七月出版

貓眼

貓眼
以驚異俯瞰我
對望

瞬間跨越
留園的百年屋脊
離去無聲

想望回家
孤寂的
一隻貓

那雙貓眼
看穿我生命內裡
回家的想望

二〇〇六年一月寫於蘇洲
二〇〇八年八月六日修訂於高雄市觀海樓
二〇〇八年十二月二十五日《台灣現代詩》16期

族譜

回到老家大廳
爸爸戴上老花眼鏡
兩人共同審視
留傳下來的手抄族譜

突然躍出爸爸記憶
他指著久遠的名字
轉述聽說的口傳故事
名字被叫醒　在午夜
感覺有一種悲涼

增補各房今人的名字
重新抄寫在稿紙上
準備印刷分送族人
在這容易失傳的時代

代代名字串起來
族譜　是一條項鍊

掛在後代子孫的脖子上
不因社會變遷　而失去
血脈的張力

二〇〇八年新春修訂於台南・聽鳥書房
二〇〇八年十月十五日《鹽分地帶文學》18期
二〇〇九年六月獲選入《2008台灣現代詩選》

回鄉偶詩

爸爸問我：多久沒回家了
掛鐘在牆上側臉竊笑
又要說工作忙碌
時間被切割得零碎

我反問自己：多久沒抬頭看星星了
在二十四小時生產的電子工廠
經理真不是人幹的，隨時待命
出差在蘇州在上海在台北在竹科
早已把星光遺忘

可是我離家多遠多久
心裡真的想要回家
回到出生地南化鄉
回到無光害的山居
紅瓦老屋的庭院
仍留有我觀星的夢

能夠辦理退休
證明我不再年輕
頭髮兩鬢早已灰白
想：星星是否也會老
星星用閃爍代替回答

仰望滿天星星的感動
一整夜我沒有睡
思考人生的奧義
其實只要簡單過生活
親近大自然的美好
讓心靈歸於平靜

二〇〇六年回台灣過年，離台返蘇州寫於機上
二〇〇八年新春修訂於台南・聽鳥書房
二〇〇八年十二月十五日《鹽分地帶文學》19期

繫夢

妻的長髮是船纜
繫住我夢的小船
我用力　拼命划

回到家
習慣叫了一聲
妻的小名

夢醒
滿身大汗
窗外蘇州春雪

握著的手
竟是自己
卻回不了家

二〇〇六年二月十四日蘇州
二〇〇九年二月五日修訂
二〇〇九年三月二十五日《台灣現代詩》17期

仰望大武山

——向文學大師致敬

高屏平原煙雲升騰
阿里山支脈層巒疊嶂
遠眺中央山脈群峰相連
大武山凸出雲端的山頭
巍峨矗立環視南台灣

我說：很少機會看見
如此氣勢磅礴的勝景
金國兄接手機後突然
說：葉老可能撐不過了
大家瞬間靜默下來

我想像所看見的是異像
剛才他正神遊於南台灣
在大武山凸出雲端的山頭
對著我們作最後叮嚀
沒有土地哪有文學？

文學大師真的離開我們
留下《葉石濤全集》二十巨冊
精神常駐凸出雲端的山頭
搖著台灣文學的旗　讓我們
仰望大武山　直到永遠

二〇〇八年十二月十一日與詩友尋紫斑蝶，歸後寫
二〇〇九年二月二十八日修訂
二〇〇九年四月十五日《文學台灣》70期

月圓時分

月圓時分在姑蘇城外
思念日夜糾結

高雄市突然停電
妻打電話問我
蠟燭放在哪裡

在妳心裡
在我心裡

生命的蠟燭
我們用愛
互相點亮

二〇〇六年一月寫於蘇州
二〇〇九年一月十四日修訂於觀海樓
二〇〇九年當代木雕藝術采風展
專集《雕塑與詩的對話》二〇〇九年七月出版

牧童記憶

——題〈夥伴〉

白雲伴著藍天
昆蟲藏在青草地
兩隻白鷺鷥，守候
一隻老水牛，相視

牧童，手拿一本書
從書中看世界
看見自己的未來
用詩記錄世界變遷

這雕塑強烈映照
我牧童記憶的夢土
走過青草地，牛也走過
土地，是我們的疆域
認同用繩子圍起來的
我們的國家

隨歲月隱去我的
夥伴，那隻老水牛
去向何方？

二〇〇九年一月十五日觀海樓
二〇〇九年當代木雕藝術采風展
專集《雕塑與詩的對話》二〇〇九年七月出版

蘆葦花

趕赴秋天的約會
蘆葦花彎腰梳理
滿頭白髮

承受不景氣的壓力
越梳　越稀
越理　越白越

二〇〇八年十二月二十日高屏溪出海口歸後寫
二〇〇九年二月十四日凌晨修訂於台南・聽鳥書房
二〇一〇年十二月《思想起台灣》教師聯盟出版

露珠

——紀念結婚三十年

剛醒來的陽光
輕柔觸及昨夜
留在花瓣上的露珠

我專注尋找最美好的視角，要
妳成為我心中唯一
閃亮鑽石光芒的露珠

相遇生命中的紅粉知己
必有一段因緣，來自無明
當因緣俱足，才相識
多麼不容易啊

結婚三十年一晃而過
感知人生如此短暫
露珠啊！妳正驚慌
青春美麗即將消失

我用數位影像留住
妳的美麗光芒，在我心中
永不消失，永不消失

我同時將記憶儲存
在雲端，等待
老來相依相伴

二〇〇九年十二月三日初稿
二〇一〇年三月二日修訂於台南・聽鳥書房
二〇一〇年六月十七日修訂於觀海樓
二〇一〇年八月十五日《笠》詩刊278期

一片紅葉

一片紅葉飄落
引動群樹驚呼
伸出來萬千隻手

紅葉躺在綠葉中
瞬間的美能維持多久
甚麼時候風再來

人間沒有永恆
紅粉知己
記得當下

我用數位相機留下
一片紅葉啊
證得一菩提

二〇一〇年三月一日台南・聽鳥書房
二〇一〇年八月十五日《笠》詩刊278期

茉莉花事

相遇的剎那
光影掩映妳

時間
停格

此刻從電腦螢幕
再現妳的素顏
聞到妳釋放的清香

若有
若無

飄浮在這空間
從我讀詩的小窗
妳偷偷溜了進來

二〇一〇年三月一日台南・聽鳥書房
二〇一〇年八月十五日《笠》詩刊278期

小詩一輯

夜來香

開在午夜
微醺
從酒店出來

洋蔥

剝開你的薄衣
露出水嫩的肌膚
我已經淚流滿面了

風

妳愛撫我
我愛撫妳

從不留下
證據

童星

控制自如的戲胞
在哭與笑之間
演活前世今生

童顏

滿臉純真
睜得大大的眼睛
夏夜澄澈的星

二〇一〇年三月一日台南・聽鳥書房
二〇一〇年八月十五日《笠》詩刊278期

第三輯

人文地景

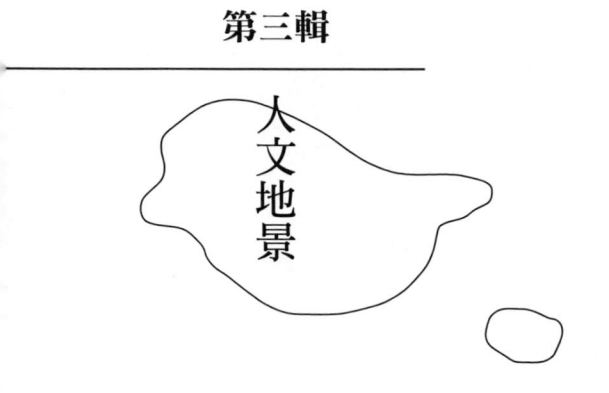

高雄的春天

高雄人從大街小巷
一齊把春天叫醒
看花樹夾道相呼
看燈海炫麗相應
遍照港都的不夜

聽見花開的聲音
從加工區從機場開始
迎世界經濟的脈動
工商港灣大高雄展現
充滿生命力量的春天

二〇〇三年「高雄詩春」燈箱
於四維路與中華路口展出

向日葵

追逐太陽
向日葵仰臉
對著天空
演說愛與自由

頑皮的風
總是無孔不入
到處阻撓

頂著午時的大太陽
拍攝向日葵
我爬上鋁梯
來！全部看這裡

超廣角的視域
嘩！向日葵的臉

像一群快樂活潑的兒童
展歡顏在大自然的操場

二〇〇五年一月十六日記橋頭五里林國小旁向日葵田
二〇〇六年九月九日修訂
二〇〇六年十二月十五日《笠》詩刊256期

鷺鷥的天堂

鹽水溪與大海日夜纏綿
用甜蜜的耳語祝福

海風吹奏晨光的波
一切的生命開始舞蹈

優雅展翅飛進飛出
繁殖季節忙著築巢育雛

小白鷺黃頭鷺用愛呵護
共同撐起鷺鷥林的天空

附記：鹽水溪出海口有一大片海茄苳純林，潮間帶豐富的生態，是小白鷺黃頭鷺覓食的天堂。春夏的繁殖季節，更在此築巢育雛；一年四季站在堤岸邊，隨時都可以觀賞牠們優雅的飛進飛出。保育團體稱這裡為鷺鷥林，我想稱為鷺鷥

的天堂更合適；只要不再有人為破壞干擾，這
裡會自成生態系統。

二〇〇六年十二月二十五日《台灣現代詩》8期

踏浪行

綁住船纜
船長頻頻交待
不要破壞這裡的生態

等待海水退潮
員貝嶼豐富的潮間帶
每一低頭都見驚奇

貝齒緊緊互相咬住
讓我們為她們福證吧
留下一夜溫柔的夢

夕陽把我們剪影
一幅動人的畫
掛在海與天連接的唇

二〇〇六年十二月二十五日《台灣現代詩》8期

平溪天燈

元宵節到平溪看見
台灣人重新想像
有許多美好的願望
書寫在天燈上

點燃天燈
瞬間漲滿
蓄積的能量等待
一年一度的飛升

美麗的夜空
幸福的氛圍
數不清的天燈
數不清的願望

趕集在元宵節註冊
願望　不熄不滅
天燈　永遠點亮

點亮台灣人的心

二〇〇七年三月四日元宵節到平溪賞天燈，
歸後寫於三重市
二〇〇七年六月十五日《笠》詩刊259期

尋訪安平壺

安平沉積的古泥沙層
挖出大量施釉的瓷壺
究竟作何種用途
引發歷史學者爭論
安平壺流通在世的年代

渡海來大員的唐山公知道
全部的祕密情話
留給西拉雅族的唐山媽
循著鹽水溪懷孕
溯溪而入山區

唐山公在海上做生意
唐山媽等待漫長的春與秋
捧出安平壺裡的錢幣
買土地從事農作
養育她們的子孫

唐山媽的子孫都知道
留在公廨祭拜的安平壺
要一代一代傳承
安平壺謎一般的身世
留給歷史學者繼續尋訪

二〇〇六年十月二十一日修訂
（手稿給高雄市文學館）
二〇〇七年十月二十五日《台灣現代詩》11期

安平壺

鄭成功驅逐荷蘭人
我手中的安平壺
是站在城內抵抗
是躺在城外觀戰
唐山公沒有交待清楚

安平壺謎一般的身世
在血脈裡發酵
有歷史學者主張
安平壺是見證
漢民族在台灣的開拓史[1]

午夜撫摸安平壺
內裡的接合處
有如潮汐漲落

1 陳信雄著《陶瓷台灣》頁76的小標題「瓷壺，妳的名字是安平——漢人在台文物第一種」。

頃刻間巨浪洶湧
復又風平浪靜

當歷史記憶都靜默無聲
安平壺光輝內斂
胎中潛藏三、四百年的
歷史，壓縮與壺身等高
記憶，倒轉隨壺肩同圓

二〇〇六年十月二十一日
二〇〇七年十二月十五日《笠》詩刊262期

在布農部落

在布農部落，聆聽
八部合音
顫動在空氣中
聲音逐漸高亢
群山眾樹動容

在布農部落，聆聽
回家的呼喊
用獨特的嗓音，呼喊
身處異鄉的族人呼應
大家支持布農希望工程

族人的心跨越時空
旅人的心感動聚集
在布農部落，看見
撒下希望的種子
萌芽成長，在二十一世紀
完成布農世紀之夢

二〇〇七年三月二十四日—二十五日布農部落之夜
二〇〇七年十二月十五日《台灣現代詩》12期

拜請媽祖

拜請媽祖保佑
想起四百多年前
祢保佑先民
安然渡過黑水溝
來到台灣這塊島嶼

拜請媽祖起駕
想起二百多年前先民
從台南大天后宮
恭敬迎接祢到楠仔[1]坑街口
安座楠和宮[2]

拜請媽祖保佑
總在冥冥之中
讓信眾感應欽服

1 楠梓舊名楠仔坑
2 楠梓天后宮前稱楠和宮

信眾用金牌棚戲
叩謝神恩

社會變遷無法追尋
唯扁額、交趾燒、磚雕、石碑留下
見證歷史與人文輝映

二〇〇七年十二月收入《乍見城市之光》
高雄市政府文化局策劃／晨星出版

端午

端午粽子的香味
飄浮在空氣中

說要祭祀屈原
卻都吞嚥下肚

還敢問屈原
粽子夠嗎

二〇〇七年四月二十一日修訂
二〇〇八年八月十五日《笠》詩刊266期

賽龍舟

選手們吆喝
划—划—划—

不知不覺攪動
污泥的腐臭

讓兩岸觀眾掩鼻
痛罵選手比賽太用力

二〇〇七年四月二十一日修訂
二〇〇八年八月十五日《笠》詩刊266期

夜合花開的浪漫

先祖們代代香傳
夜合花開的浪漫

夜合花香過先祖的眠床
在那遙遠的拓墾日子裡
傳說中的夜合花神
總會在美妙的夜裡來
送子，不必檢驗ＤＮＡ
懷孕的辛苦與喜悅
全部寫在臉上

夏日蟬聲齊唱送走夕陽
青年男女從附近的工廠下班
返家還聽得蟬的約會
看見婦女們下田歸來
總要採摘含苞的夜合花
放在床頭期盼著
夜合花開的浪漫

夜合花香過的浪漫氛圍
猶在客家血脈裡流動
渡海來台經過數百年
在勤勞節儉的生活裡
夜合花神代代送子傳承
昇華成一種精神象徵
凝聚成一柱永世圖騰

二〇〇八年八月四日笠山農場拍攝夜合花歸來
二〇〇八年十一月《夜合花——客家原香》
高雄市政府客家事務委員會出版

紅毛港遺懷

紅毛港聚落見證
高雄發展的歷史
寫滿受傷漂浪的回聲
被紅毛髮人佔領過
被日本人殖民統治
被發展經濟的怪手摧殘
當犧牲品而沒有發言的權利

紅毛港聚落的人文
代代相傳三百多年
古厝院落與街巷轉角
相遇　遷村糾結的心事
不安　全部都寫在臉上
所有記憶已經停格

紅毛港遷村計劃落定
留不住滄桑歲月
多少悲歡空留回憶

當現代化的巨輪碾碎
所有的抵抗與反對
終將潰散在海味斜陽裡

爬上高字塔瞭望
二港口忙碌的船隻
突然看見一隻回家的貓
連續驚聲尖叫
探視徘徊而不忍離去
走過紅毛港的歷史
一躍而過三百多年

二〇〇八年六月十日高雄市觀海樓
二〇〇八年十二月收入《港埔遺落的鹹味》
高雄市政府文化局策劃／晨星出版

看見雙心石滬

聽說：看見雙心石滬
　就能見證愛情
青年男女搭機搶進七美
兩人牽手迫不及待
走向雙心要拍照見證
許願今生今世不分離
人生剛要起步
進入雙心，為何看不見
愛如潮漲潮落
心情變動不已

聽說：看見雙心石滬
　就能見證愛情
銀髮夫妻乘風破浪而來
站在涼亭遠遠觀賞
雙心石滬的相呼相應
兩人相視會心笑了笑
人生就是這樣

一路走來，如果有真愛
就在彼此心裡
就在彼此心裡

二〇〇七年七月二日—三日到七美旅遊攝影，
去了三次雙心石滬，看潮漲、潮落、
日出、日落的不同面貌。
二〇〇八年七月十五日修訂
二〇〇八年十二月十五日《笠》詩刊268期

台灣欒樹四季風華

台灣欒樹靜靜萌芽
最怕驚動蟄蟲
一身嫣紅嫩綠
讓過慣苦日子的市民
感覺身軀也爬滿春意

台灣欒樹頂得住夏日
悶熱午後的公園
樹蔭下徐徐涼風生
讓過慣苦日子的市民
夢見星光滿天螢火點點

秋天開滿金黃色小花
從泛出紅暈到蒴果暗藏
緊緊依偎在樹冠
快快來看色彩燦爛
啊！台灣欒樹有大美

台灣欒樹挺立在風中
抵抗寒流半夜偷襲
等待蒴果成熟裂開
種子掉落
生命也自在的繁殖

台灣欒樹慶幸自己，終於
不會再到處遭遇砍伐
可以被土地與人民認同
可以存活在公園在路旁
任意站穩各自獨立的姿勢
展現台灣欒樹的四季風華

二〇〇八年十月一日高雄市觀海樓
二〇〇八年十二月《為欒樹寫一首詩》
高雄市綠色協會徵選及出版

楠溪林道

楠溪林道是水之源
植物多樣性的秘境
動物僅存的生存空間

我初次探訪
聽專家現地實物解說
認識台灣的林相
台灣的特有植物
聽見大型哺乳動物的叫聲

我撿到一塊比五公分大
從陷阱脫落的動物腳部皮毛
不能確定是哪一種動物？
驚心！非法盜獵
我們深深納悶著

衷心祈望玉山國家公園內
這片廣闊的林地　真正成為

台灣野生動物最後的家
容許牠們　各自劃地為王吧

二〇〇九年二月二十一日－二十二日楠溪林道見聞有感
二〇〇九年三月二日修訂於台南・聽鳥書房
二〇〇九年六月二十五日《台灣現代詩》17期

台灣山羌低吼

清晨五點探索楠溪林道
聽見類同台灣土狗的單音[1]
專家說：是台灣山羌
低吼　向我們宣示領域

藏身右側密林某處
同樣的叫聲　在左側
離我們很近
持續對我們保持警戒

聲音有點憤怒
告示我們人類
侵犯牠們生存的空間
牠們的祖先在這裡幾萬年了

1 台灣山羌叫聲ㄏㄠ的單音，非常類似台灣土狗的叫聲。

這麼單純的示警
可能成為偷獵者
致命的槍聲
越想越耽心

二〇〇九年二月二十二日清晨五點與鐘丁茂理事長、蔡榮勇兄在
楠溪林道聽見叫聲，唯未見實體。
二〇〇九年三月一日修訂於台南・聽鳥書房
二〇〇九年六月二十五日《台灣現代詩》17期

乘著歌聲

乘著歌聲行銷高雄
市民展歡顏迎世運
共同收集歷史性的記錄

聖火點燃全世界的眼睛
看見進步中的新高雄
有山有水的海港都市

看見來自全世界的選手
挑戰潛力的無限可能
展現身體語言的力與美

二〇〇九年一月十七日高雄市觀海樓
二〇〇九年高雄市政府文化局「迎世運」邀稿
二〇〇九年高雄市文化中心「石鼓詩」展出

長鬃山羊

聽到長鬃山羊叫聲
劃破寂靜的林道
連續十數聲
一隻？還是一群

在密林　谷地　溪床
我們懷著探索的心
沿楠溪林道而下
溪谷　沖刷成懸崖地形

看見數堆排泄物
證實是長鬃山羊
以牠們矯健的攀岩能力
這裡可以迅速避敵

我們深切耽心人類
為口腹之慾　繼續

追殺野生動物
在國家公園內

二〇〇九年二月二十二日楠溪林道所見初稿
二〇〇九年三月一日修訂於台南・聽鳥書房
二〇〇九年十月台灣自然生態詩語《動物篇》

螢火蟲的願望

人類始終看不見
自己索求無度的欲望
從溪流上游到下游
棲息環境被污染破壞
螢火蟲大量消失

倖存的螢火蟲
以隨身微弱的光
照亮未來的路
希望人類看見
嚴重失衡的生態鏈

開始復育螢火蟲
乘願要為台灣找回
夏夜失去的亮光

復育成功的螢火蟲
族群在蓮華池相聚

繁殖　同時乘風展翅飛
讓台灣人重新看見
夏夜的夢想在這裡發光

螢火蟲的願望
照亮台灣
讓全世界看見

二〇〇九年三月二十五日
二〇〇九年四月十七日蓮華池賞螢活動朗誦
二〇〇九年六月《笠》詩刊271期

暗夜螢光

蓮華池螢火蟲紛飛
暗夜螢光點亮
這山中夢幻的城池

童話般的王國
子民們喜歡提燈籠
到處串門子搏感情

成群結隊在蓮華池
每年定期舉辦選秀大會
挑逗人類的驚嘆聲聲

啊！生生不息的生命
一代傳承一代的螢光
穿透暗夜　迎向未來

二〇一〇年四月二十九日寫於蓮華池
二〇一〇年六月《林業研究專訊》95期

蓮華池之夜

蓮華池之夜很浪漫
螢火蟲點亮心中的燈
宣示自己已經成年
隨時準備迎接另一半

向另一半示愛
另一半以閃爍回應
閃爍閃爍閃爍
好熱鬧的配對晚會
這保育的生態樂園
相遇相愛相歡要及時

擾亂的雨愈下愈大
喜歡偷窺的人類
撐傘從雨中走回
螢光閃爍漸稀
溼了翅翼無法飛行
求偶傳宗接代暫停

淅瀝的雨整夜無眠
我想起溼地的螢火蟲
是否找到另一半
完成傳宗接代

二〇一〇年四月二十九日蓮華池之夜寫
二〇一〇年六月《林業研究專訊》95期

第四輯

社會關懷

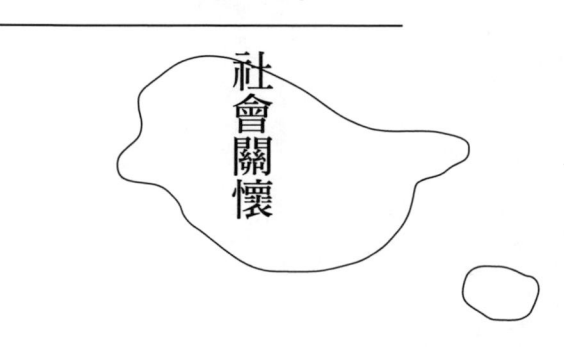

阿里山神木

在神木車站躲雨
看到阿里山神木龐然身段
被人工放倒在鐵軌旁
供遊客瞻仰遺容
啊！是曾經被奉為神的巨木

想起造神運動的年代
阿里山神木被雷劈
乾枯之後中空的軀幹
新長出的小樹
被歌頌為神木再生

這是課本讀到的
我終於知道
被騙著長大的記憶
必要重新審視
必要調整位址

數千年生命從挺拔到倒臥
看盡多少朝代興衰
展讀一卷一卷歷史
目送一節一節紅色車廂
消逝在視界與記憶之外

二〇〇五年二月二十八日夜宿阿里山初稿
二〇〇五年六月四日修訂
二〇〇六年六月十五日《笠》詩刊253期

在民主廣場

前輩們用血汗用生命
豎立起精神標竿
公正廉明被輕易踐踏
在民主廣場

人民看不見政商勾結
貪婪終至陷溺
不敢面對審判
捲走巨款潛逃國外

利用群眾作秀
卻被檢舉無情無義
非法集會已應聲破裂
在民主廣場

一群敗德貪污的政客
繼續藉機鼓動群眾

他們看不見歷史的鏡子
讓堅持追求民主的人心碎

二〇〇六年九月十八日修訂
二〇〇六年十二月十五日《笠》詩刊256期

兩派麻雀

兩派麻雀
各自堅決主張
長久對立互不相讓
為權為利各有圖謀
對罵　互揭瘡疤
吵醒我難得的假日午寐

背負一段歷史
那台老冷氣機
讓我感覺心有點冷
起身打開電視
隨口罵了一聲
立即關掉

忍不住憤怒
又打開電視
眼睜睜看那些政客們
只顧追求權位利益

正以人民的生命財產下注
做邪惡的政治豪賭

兩派麻雀
長久對立
面對社會變革的挑戰
為何都不願意
俯身傾聽
人民追求和平的心聲

二〇〇六年九月十五日高雄市
二〇〇六年十二月十五日《笠》詩刊256期

兩籠中鳥

隔壁的音樂老師說
養鳥可以啟發靈感
養一隻台灣畫眉
一隻偷渡的畫眉
各自獨立，關在籠子裡
每日高分貝對叫幾聲

台灣畫眉已經多次被關
在不同籠子裡，學會
察言觀色，知道
天亮才可以鼓翅
清脆鳴唱要配合
主人彈鋼琴或吹長笛

另一隻失寵的籠中鳥
處心積慮到處唱衰
唱悲愴進行曲

還鼓譟煽動麻雀們
日夜以尖叫抗議

兩籠同種同類的畫眉
習慣每日對叫
　各自表述
讓所有的鄰居失眠
我們也成為籠中鳥
要習慣接受折磨

二〇〇五年三月二十日初稿
二〇〇六年十二月九日改寫於高雄市觀海樓
二〇〇七年春季號《文學台灣》61期

老農民

嘉南平原的老農民
逃過戰爭的漫天烽火
經過外來政權的高壓統治
堅持守護祖先傳承的土地

兒子大學畢業在都市謀生
不會耕種也不願世代務農
不想繼承老農民
世代傳承的土地

日晒過雨淋過
老農民臉上寫滿皺紋
望著無雨的天空
雙手寫滿祈禱經文

乾涸的土地
龜裂已經很深了

而留在心中的裂痕
更深

二〇〇六年十月二十一日修訂
（手稿給高雄市文學館）
二〇〇七年春季號《文學台灣》61期

逃禪為詩

佛法廣大無邊
眾生都在歧途
禪學大師也無法拯救
他自己的苦海

感情迷障
逃不出去

回到人世間　寫
詩　心得到救贖

二〇〇七年四月一日台北訪友歸後寫於三重市
二〇〇七年十月二十五日《台灣現代詩》11期

旁觀者

1.

當意識型態嚴重對立
雙方的眼睛都矇蔽

人為煽起狂風暴雨
所有的傘都撐不住

台灣的天空
被撕開撕裂

旁觀者眼神專注
看見亂象背後的危機

2.

當沉默的大多數人
看見群眾，互相對立

詆毀、污辱、漫罵，不斷
消耗大量社會資源

憂心，事態嚴重
憂慮，臉色黯然

對外競爭力
逐漸退敗中

3.

台北的天空下起大雨
人人淋得身心傷透

失業的人潮，等待
一個失落的城市——出現奇蹟

聚集台北車站廣場
最後，大聲哭訴：

自己沒有錯
都是別人的錯

4.

我們這一代台灣人
日以繼夜努力打拼

在工作崗位在生產線上
創造「台灣的經濟奇蹟」

又被外派到中國
再一次創造經濟奇蹟！

面對政治的對立
未來，要重新想像

5.

留在台灣工作
機會逐漸消滅

大量資金、技術、人才
被外移到中國

擁有技術能力、管理能力
台灣的百萬精英

流浪在中國的工廠
天天想望回不了家的無奈

6.

台灣未來的路
何去何從

年輕的孩子們看不見
大多數沉迷電腦遊戲

看見愛恨情仇
看不見自己

面對全世界的競爭
壓力，無力抵抗

二〇〇五年十月初稿於蘇州，題：預言
二〇〇六年九月修訂於台北，改題：旁觀者
二〇〇七年春季號《文學台灣》61期

胸口的痛

回頭再看一眼血腥現場
被迫含淚離開家園
看見無數逃命的藏民
胸口的痛

全世界的媒體都報導
中國用武力鎮壓西藏
一再以槍桿子
企圖鞏固政權

宣稱愛好和平
自由國家袖手旁觀
放棄對人權的堅持
難道國與國之間
沒有公理與正義！
只有利益與權力？

全世界都知道
中國部署一四〇〇枚導彈
瞄準台灣
二三〇〇萬人民
胸口的痛

二〇〇八年四月一日高雄市觀海樓
二〇〇八年冬季號《文學台灣》68期

西藏正在用血淚寫歷史

看見血腥畫面
西藏人民浴血
向全世界哭訴

武力從青藏鐵路長驅直入
有佛陀加持的喇嘛用肉身抵抗
手無寸鐵的藏民也用肉身抵抗

鎮壓的軍隊以槍聲射穿
全世界的耳朵都聽見
全世界的眼睛都看見

西藏正在用血淚寫歷史

二〇〇八年三月二十日寫於高雄市觀海樓
二〇〇八年九月二十五日《台灣現代詩》15期

失業潮

屈原抱離騷
自嘆懷才不遇
投汨羅江

大學生抱文憑
自嘆懷才不遇
畢業即失業

還不快去上網
到人力銀行登記
有用嗎？

二〇〇七年四月二十一日修訂
二〇〇八年八月十五日《笠》詩刊266期

背德者

上班族明爭暗鬥
聚在會議室說短
散在辦公室道長
詭譎多變的心
無時無刻泛濫不安

踢翻人性
抽離靈魂
成為背德者
他搶到隱形的階梯
趁勢爬上組織金字塔

在頂端，他已看不見
底下有多少昔日的伙伴
生活陷入痛苦與掙扎
名字，數也數不清
遠近都在罵：背德者

在頂端，他已聽不見
底下有多少不滿的聲音
就是要出差拜訪客戶
縱有颱風與洪水
他說：你們自己看著辦吧

二〇〇八年七月二十八日颱風之夜
二〇〇八年八月《掌門詩學》52期

隱藏者

閱讀台灣人四百年史
前仆後繼的英靈
想要建立一個國家
成仁壯烈犧牲
像飛蛾代代撲向燈火
一再重演悲情宿命

電視正現場轉播
藍綠營大對決
雙方的對罵叫陣
嚴重打斷思緒
啊！有隱藏者
暗中操弄選舉

目擊瘋狂的舉動
選民已化身飛蛾
殉情撲向造勢晚會
情緒被煽動到最高點

大部分選民一廂情願
謊言擊潰理性

那聲音穿透時間
嚴重打斷思緒
返回到戒嚴時期
囂張的監控無時無刻
你們不可以，不可以
不可以……

誰都沒有警覺背後有
隱藏者，背後還有
隱藏者，旁邊也有
隱藏者，企圖
消滅台灣的歷史文化
併吞島嶼台灣

二〇〇八年三月二十三日高雄市觀海樓
二〇〇八年冬季號《文學台灣》68期

電梯間

電梯間殘留
濃郁的香水味
是那位妖豔的
鄰居，剛去上班

電梯間殘留
強烈的狗騷味
是那位敗德的
鄰居，養狗偷尿

電梯間殘留
清淡的香水味
是那位初戀的
少女，出去約會

上下電梯
狹窄的空間

總和舞動的思緒
相遇，來去匆匆

二〇〇七年七月一日高雄市觀海樓
二〇〇八年四月五日修訂
二〇〇八年六月二十五日《台灣現代詩》14期

毒奶

中國的母乳牛
一樣吃草吃飼料
奶內含三聚氰胺

中國的公乳牛
輪流站衛兵
添加三聚氰胺

可憐的中國嬰兒
吃奶粉哇哇大哭
想尿，尿不出來

台灣人吃麵包喝奶茶
想吐，吐不出來
想哭，哭不出來

二〇〇八年九月二十二日初稿
二〇〇八年十月五日修訂於高雄市觀海樓
二〇〇八年十一月《掌門詩學》53期

小市民生活悲情

走遍大街小巷
全是為了騙選票
小市民天天期盼，跟著喊
馬上，生活會變好

看見越來越多小市民
追著垃圾車跑
搶拾紙箱寶特瓶等物
蹲在力行路街燈下整理
低頭，最怕遇到熟人

生活，沒有變好
失業人口越來越多
工作越來越難找
生活越來越艱苦
可回收垃圾大家搶

政府官員說：
資源回收做得好
生活沒煩惱
只有垃圾回收車
執勤人員看見
小市民生活悲情

二〇〇八年一月五日三重市永福街初稿
二〇〇八年九月十四日修訂於高雄市觀海樓
二〇〇八年十二月十五日《笠》詩刊268期

白鷺鷥

孤單的白鷺鷥
縮著一隻腳獨立
面向愛河
一言不發

早凋的英靈
重回現場參加
紀念二二八活動
六十二週年一晃而過

想及歷史性的傷口
再度爆開
鮮血染紅圓山
飯店外棍棒侍候

整個下午白鷺鷥
縮著一隻腳獨立

思索下一步
怎麼飛出去

二〇〇九年二月二十八日寫於高雄市觀海樓
二〇〇九年六月《笠》詩刊271期
二〇一〇年三月獲選入《2009台灣現代詩選》

小林村民！請站起來說話

頭七法會聚集許多人
看見親友們正在祭拜
呼叫著自己的名字
我來到親友身邊
說：我在這兒啦
親友們都聽不見
也沒有人看得見

啊呀！我死了
哎呀！不要哭
我走了！大家不要哭
我看見自己的軀體變形
旁邊是我的妻子
全家都來不及
深埋在地底

小林村民互相打招呼
彼此聽不到聲音

遊魂到處飄蕩
正在尋找靈魂的歸宿
看見救難人員正在尋
找我，埋得那麼深
怎麼找得到呢

我向自己的親友道別
我走了！大家不要哭
小林村民！請站起來說話
告訴大家要勇敢
站起來！重建家園
站起來！呼叫祖靈
祖靈永遠與大家同在

二〇〇九年八月十五日高雄市觀海樓
二〇〇九年十二月二十五日《台灣現代詩》20期

山芙蓉

山芙蓉總在烏山步道
吸引絡繹於途的登山客
停下來欣賞
妳的美　令人驚豔

陽光喜歡從側面擁抱
妳粉嫩的花瓣
善感透明的花蕊

千言萬語只想告訴
蜜蜂　不要太花心
每一朵山芙蓉的最初
都已經奉獻給你

蜜蜂啊　每次出差在外
總是包二奶包三奶

飛走　頭也不回
可憐的台灣山芙蓉

二〇〇九年三月二日台南・聽鳥書房
二〇〇九年六月《笠》詩刊271期

台北捷運問題

接到女兒電話
爸爸：捷運系統又出問題
　卡在兩站之間動彈不得
　好可怕喔！

又接到女兒電話
爸爸：現在所有乘客被趕下車
　我們正走在軌道上
　好可怕喔！

檢修，總是修不好
再檢修，還是出問題
執政的市長不敢追究責任
不要問為什麼？
沒有人被法辦

乘客無辜
忐忑不安的心

掉落在軌道
好可怕喔！

二〇〇九年九月十四日修訂
二〇一〇年三月二十五日《台灣現代詩》21期

競選

聽眾：聽不下去
紛紛離開

罵：黑白講
又在顛倒是非

廣場剩下候選人自己
抓住麥克風嘶喊

驚嚇飛過的鴿群
灑下許多屎

二〇一〇年一月十日修訂
二〇一〇年三月二十五日《台灣現代詩》21期

第五輯

生態觀察

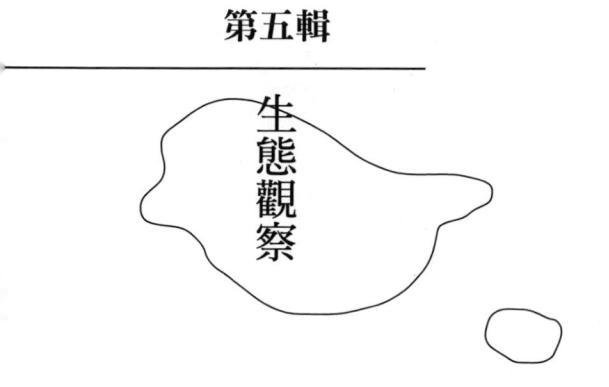

南亞海嘯

地殼鬱積的能量
自海底瞬間暴裂
澎湃洶湧的巨浪
毀滅性的襲擊

人類的生命被吞噬
捲入海中漂流
陸地橫屍遍野
人間的悲慘視界

海嘯過後滿目瘡痍
悽慘恐怖的影像傳播
震驚全世界的心
留下那個舉目無親的小孩

站在災難現場
眼淚都已經哭乾了

還舉頭望向天空
無助的哭喊

附記：我寫〈南亞海嘯〉這首詩，是看到南亞大地震引發的大海嘯；那驚悚恐怖的新聞報導畫面，一幕幕悲慘的場景，映入我心中。那震撼，使我想起九二一大地震的晚上，被震醒後，就一直從新聞現場連線報導，看見災區中台灣家毀人亡。今天又看到中亞發生大地震，巴基斯坦也許又數萬人死亡。

目睹每一次大地震，都造成數萬人死傷，來自大自然的毀滅性力量，見證到人類的生命如此卑微脆弱。而最震撼我的是災難現場倖存的男孩，眼淚都已經哭乾了，還舉頭望向天空，早已定格在我的詩中，無助的哭喊。

二〇〇五年十二月二十五日《台灣現代詩》4期

冬颱

十二月仍有颱風
要向台灣撲來

被人類予取予求
供給我們生活的母親
地球　經期已亂了
誰是地球的醫生

我們只有一個地球
人類依然無法頓悟
現在用愛來護持地球
幾千幾萬年後能痊癒嗎？

二〇〇五年十二月二十五日《台灣現代詩》4期

海埔新生地

雨水沿山區夾帶大量禮物
說：我要去嫁給大海

激情過後心事慢慢沉澱
大海為這件婚事懷孕

誕生海埔新生地
只有成群覓食的水鳥發現

二〇〇六年十二月二十五日《台灣現代詩》8期

紅樹林

被大雨淋得溼透
紅樹林打開大海的門
指引每一條溪流
回大海的懷抱

二〇〇六年十二月二十五日《台灣現代詩》8期

繁殖季節

雛鳥喊餓給紅樹林聽
母鳥為愛子出巢尋找
魚蝦螃蟹的施捨
從春天一直熱鬧到夏天

二〇〇六年十二月二十五日《台灣現代詩》8期

小伯勞

伯勞帶領小伯勞
生命儀式的飛行
記住祖先的叮嚀
成群結隊來到
恆春半島
祖先傳承的棲地

從小被呵護長大
小伯勞知道
北地的天空，可以
邀集同伴
自由自在飛翔
快樂尋找食物

小伯勞看見
到處有同伴
誤撞尼龍網
無法掙脫而痛苦哀鳴

誤入鳥仔踏
死亡而來不及過冬

小伯勞不知
此地的天空，為何
到處佈滿羅網
有翅膀不能飛
陷阱佈滿棲地
有嘴不敢覓食

哭泣的小伯勞
向天空鳴叫七聲
祭同伴們
小伯勞終於覺悟
有天空，覓不到食物
有食物，卻失去天空

二〇〇六年十二月十七日重遊恆春半島
二〇〇七年六月二十五日《台灣現代詩》10期

賞鳥人

強勁落山風
擋不住
冬候鳥

賞鳥人
熱烈迎接
天空的精靈
沿屏鵝公路賞鳥
被烤鳥的煙
擊昏

在路兩旁
賞鳥人躺成
鳥屍

二〇〇六年十二月十七日恆春半島歸來寫
二〇〇七年一月十三日修訂
二〇〇七年六月二十五日《台灣現代詩》10期

烤鳥問題

烤鳥人
藉落山風
燒旺烤鳥的
炭火
同時

燒焦觀光資源
烤死觀光客的
心
淌血
恆春半島

弱小鳥魂的
火葬場
到處報導　羞
辱　這種行為
野蠻

無知與貪婪繼續
政府執法軟弱無力
停下來喝杯咖啡
滋味
很苦

附記：我們都喜歡看鳥自由自在飛翔，喜歡聽鳥鳴叫的聲音。在南台灣恆春半島，冬候鳥是多麼珍貴的資源，讓無數人到訪參觀。但沿屏鵝公路兩旁，有烤鳥、烤魷魚的攤販，招喚遊客或賞鳥人停下來；看見許多鳥屍，不禁令人懷疑——這裡是鳥的火葬場。

二〇〇六年十二月十七日恆春半島歸來寫
二〇〇七年一月十三日修訂
二〇〇七年六月二十五日《台灣現代詩》10期

招潮蟹

漁民穿雨鞋嘩嘩走過
轟然踏破招潮蟹的家園

招潮蟹舉起巨螯
宣示：捍衛領土主權

沙沙沙沙沙沙沙沙沙
招潮蟹獨立重建家庭

沙灘上到處可見
國旗升上去了

附記：大雨後的沙灘，招潮蟹的家門口，總有一堆新泥，宣示領土主權的標記。

二〇〇七年四月二十二日初稿
二〇〇七年七月二十日修訂
二〇〇七年十二月二十五日《台灣現代詩》12期

企鵝之死

人類界定
險惡冰冷的南極海域
屬於企鵝

永凍的冰原逐漸溶化
原有的棲地逐漸消失
企鵝害怕失去家園
泳渡三千餘公里
尋找到新的家

人類認為企鵝
迷失在陌生的阿根廷海域
強制捕捉企鵝
先用飛機載牠們回南極
再用船艦把牠們全部送回家

人類沾沾自喜
自認已善盡保育責任

而棲息處已溶化
善泳的企鵝
終將溺斃

二〇〇八年十月十二日高雄市觀海樓
二〇〇八年十一月《掌門詩學》53期

壁虎

倒掛在天花板
壁虎自認是霸主
守在制高點
耐心等候飛蛾

持續撲向日光燈
飛蛾暈頭轉向時
壁虎趁機捕殺
吞下肚腹

永不飽足
慾望之眼圓睜
強勢控制生存空間

壁虎的形體
不斷自我膨脹
直到整個地球
支離破碎

二〇〇八年七月五日高雄市觀海樓

二〇〇八年十二月二十五日《台灣現代詩》16期

颱風

強烈颱風辛樂克
暴風圈籠罩全台灣
疊起厚重烏雲壓低天空
連呼吸都喘

農民緊急搶收作物
商人趁機哄抬物價
被大洪水淹怕的居民
正奮力堆疊沙包

遇雨成災的台灣
土石流不斷擊碎家園
颱風尚未登陸
人心早已潰堤

帶來狂風暴雨
繼續向我們示威

要為破壞生態
付出慘痛代價

二〇〇八年九月十三日高雄市觀海樓
二〇〇八年十二月十五日《笠》詩刊268期

愛文芒果

未成熟時躲在紙套袋
孕育粉嫩美麗的肌膚
等待一年一度成熟

在豔陽下在風雨中
果農細心採摘
把愛文芒果捧在手心
像捧著心愛的女兒

先到集貨場分級包裝
貼上身分證明以後
遠嫁日本韓國香港台北

從國內到國外
喜歡她的人年年成長
價格也跟著上揚
喜悅全部寫在果農臉上

辛苦流汗的老農民
難得的微笑說
南化鄉的愛文芒果是金

二〇〇八年八月二日台南・聽鳥書房
二〇〇八年十二月十五日《笠》詩刊268期

魚翅羹

喜宴以上等魚翅羹
淋上幾滴紅醋
主持人：要小口品嚐

吞下肚，感覺
小鯊魚在胃裡，掙扎
斷氣，冒出血腥氣泡

想及記錄片的一幕
漁民抓住小鯊魚，割下魚翅
反手，將小鯊魚丟回大海
流血的屍體泛紅
捲起憤怒的波濤

紅醋逐漸化開
魚翅羹變成血腥的海
淹沒整個喜宴會場

二〇〇八年十月十日高雄市觀海樓
二〇〇九年三月二十五日《台灣現代詩》17期

白耳畫眉

楠溪林道仔細聽
響亮悅耳的鳴叫
來自樹冠層

是畫眉科
熟悉的聲音
我從小就記得

望遠鏡裡尋妳
遍尋不著
妳這神祕戀人

看妳對著山桐子的鮮紅
歌唱　同時呼喚
愛侶　快來啄食
現在是繁殖季節

二〇〇九年二月二十二日楠溪林道所見
二〇〇九年三月一日修訂於台南・聽鳥書房
二〇〇九年六月二十五日《台灣現代詩》18期

寵物犬

經濟不景氣的年代
寵物犬被棄養
熱鬧的百貨公司門口
等待主人　不知道

主人已經不要牠
失業而無力扶養
曾經寵愛的狗兒子
再也看不到她

被棄養的寵物犬
失去了主人　失去
精神的光彩　失去
可愛的皮毛
逐日蕭索骯髒

始終不知如何找食物
也不敢吃善心食物

寵物犬一直在門口
等待　等待　直到
生命衰竭的死去

二〇〇九年三月四日高雄市觀海樓
二〇〇九年六月二十五日《台灣現代詩》18期

鐵柵內的母乳牛

母乳牛剛生產
小乳牛剛站起來
母奶還來不及喝
被陌生人強制抱離

關在鐵柵內的母乳牛
沒有可以活動的空間
整天站立往外望
想起小寶貝

小乳牛想念母親
想喝一口母奶
得靠想像力

人類不用母奶哺育
嬰兒長大以後才知道
嬰兒奶粉是牛乳製成

自己的媽媽是母乳牛
被關在鐵柵內

二〇〇八年十月十一日高雄市觀海樓
二〇〇九年六月二十五日《台灣現代詩》18期

巨變

巨變的早晨
大雨下不停
悶雷頻頻警告
砰　砰
兩聲巨響
一千公尺以上的高山
崩落下滑的瞬間激起
數公尺高的土石流
狂怒暴吼沖下來

土石流土石流
快跑　快跑　快
快逃　快逃　快
救命啊　救命啊
驚恐與無助的小林
村民拼命往高處跑
跑到腿軟才停下來
一切都來不及想

回頭看　啊！整個村莊
不見了！熟悉的家園
不見了！熟悉的街道
不見了！熟悉的親友
不見了！小林村
剩下檳榔樹
像一柱一炷香
孤立而無依

問天　大雨滂沱
問地　泥流處處
求救　不聞回應
無助哭喊，抱頭痛哭
阿立祖*啊　聲聲呼喚
祖靈　是我們永遠的希望

二〇〇九年十月十五日《笠》詩刊273期

* 編按：阿立祖為台灣平埔族原住民西拉雅族的祖靈信仰。

紅嘴黑鵯

紅嘴黑鵯的屍體
高掛在細網上
早晨沿谷地果園賞鳥
這樣血腥突兀的現場
難怪沿途鳥聲稀

一張網四隻鳥屍
是夫妻或家族
不知牠們的群體關係
不瞭解牠們的社會行為

人類故意讓鳥屍高掛
意圖警告鳥類
此地設有羅網
請不要偷食蔬果
農民要收成要生活

人為財
擋財者死
而果賤傷農
紅番茄掉滿地

鳥為食亡
證據在眼前
這一幕非常可悲
我用雙手抱住頭部
無法理解暗自嘆氣

二〇一〇年三月二日寫於台南・聽鳥書房
二〇一〇年六月二十五日《台灣現代詩》22期

螢火蟲

螢火蟲孤單的飛
四處尋找失聯的弟兄
飛得非常疲累了

停在台灣古地圖上
爬上爬下檢視受傷的土地
直到古老地圖流著淚

被殖民被外來政權統治
長期被予取予求
生命遭受到迫害威脅

我緊張的關掉電燈
怕有線民密報
螢火蟲自顧的發光

企圖照亮台灣地圖
這塊有歷史意義的土地
這塊有固定疆域的島國

二〇一〇年三月二日寫於台南・聽鳥書房
二〇一〇年六月《林業研究專訊》95期

鷹

親鳥教雛鷹學飛
振翅　展翼　翱翔

上升　乘著氣流
下降　隨心所欲

鷹族的領空
無界　無邊

二〇一〇年五月四日修訂於台南・聽鳥書房
二〇一〇年八月十五日《笠》詩刊278期

後記

二〇〇五年五月為了公司要赴大陸蓋新廠，辦理退休，轉任顧問，簽合約一年；我被外派到蘇州建廠，面對建廠進度及開工與教育訓練的多重壓力，有時候真的很想家，想回台灣的家。二〇〇六年回台灣過年，年邁的爸媽同時問我：「什麼時候可以回家？」要去小港機場的那天早上，妻同樣問我：「什麼時候可以回家？」這是我經常被問的，但也不是想回家就可以回家。確實我已離家越來越遠，父母漸漸衰老，自己體力也大不如前。從小港搭機、轉機到上海途中，百般感觸湧上心頭，我寫下〈回鄉偶詩〉的詩句：「能夠辦理退休／證明我不再年輕／頭髮兩鬢早已灰白／想：星星是否也會老／星星用閃爍代替回答／／仰望滿天星星的感動／一整夜我沒有睡／思考人生的奧義／其實只要簡單過生活／親近大自然的美好／讓心靈歸於平靜」。

在蘇州度過生命中最寒冷的冬天，過年後又碰上蘇州春雪，凍到無法睡，筋骨疼痛又復發，當地醫療又不理想，此時已順利開工，想想也是我結束勞工生涯，回台灣的時候了，於是寫了文情並茂的信給總經理等主管，獲准提前返台，但回母公司已無任何職務，於是合約未滿的一個多月以請假辦理。我再寫了〈感恩與道別〉給相關主管與曾經帶過的眾多部屬，正式結束三十年勞工生涯。

退休之後，經常往返都市與農村之間，回到台南市南化區，白天整修祖厝，晚上整理一箱箱的書，也整理自己的詩創作；放慢生活步調，可以在鄉下一住好幾天，同時陪伴父母親；感覺龐大的壓力突然消失，肩胛痠痛也好很多，中秋過後父親中風，也因此能及時處理；適時學習放下，看淡世事得失，失也許是得，至少把以前發表的詩整理出來。

收集在《露珠》這本詩集的詩，是我在二〇〇五下半年到二〇一〇年發表的作品。

第一輯國外旅遊的15首，其中二〇〇五年參加第一屆「台蒙詩歌節」，跟台灣詩人團遠征蒙古國，面對浩瀚沙漠的酷熱，面對遼闊草原的柔美，寫下10首為最多，其他為到吳哥窟及日本旅遊。

第二輯生活抒情21首，有高雄市政府文化局、客家事務委員會等的邀稿，及台灣現代詩協會與木雕博物館為雕塑題詩的作品，及個人生活的親情、友情、生活鄉情的感懷。

第三輯人文地景22首，有高雄市政府文化局邀約的〈高雄的春天〉、〈拜請媽祖〉、〈紅毛港遺懷〉、〈乘著歌聲〉為世運而寫；其他有到楠梓仙溪林道生態調查，到蓮華池觀察森林生態及賞螢，尋訪安平四草紅樹林，澎湖旅遊的所見，主要寫人文地景與自然生態。

第四輯社會關懷20首，寫政治與社會事件、天災人禍及小市民的生活現實問題，其中〈毒奶〉感同身受，那年長住蘇州，早餐也是喝毒奶、吃毒麵包，化學添加物問題越來越嚴重，台灣也一樣食不安！〈白鷺鷥〉有緬懷紀念二二八兼及國家定位的思索；〈旁觀者〉看見政治惡鬥，憂心在面對全世界的競爭壓力，無力抵抗，未來何去何從？

第五輯生態觀察21首，寫環境破壞帶來的災難〈巨變〉及自然災難的〈南亞海嘯〉，反思的〈魚翅羹〉、〈鐵柵內的母乳牛〉，生態教育迷失在〈企鵝之死〉、〈烤鳥問題〉、〈紅嘴黑鵯〉，其中許多詩是我對生態環境一貫的堅持及省思。

這本詩集創作期間，從高雄到中國蘇州、又回到台北工作住在三重，最後選擇放下，辦理退休。做一個自由人，做一個自由創作者，做自己想做的事，閱讀想看的書，重新拾起篆刻刀，重新學陶藝，走茶山訪茶農，約舊友出遊攝影，享受一碗茶的清靜，心有靈犀寫一首詩，過自己想要的生活。

感謝莫渝詩兄，在百忙中把序〈平實的心聲〉完成，原先已經準備交付出版事宜，但期間因為接下《笠》詩刊編務，負責約稿、編審、專欄、專輯企劃，需每兩個月出版一期，用掉了大部分時間，因此把這本詩集的出版延宕；同時也把選擇提前退休，要圓自己未竟之夢的將詩文、攝影、篆刻、陶藝等多媒材創作結合，也進行得斷斷續續，真是意外中之意外。

最近水庫缺水，雨一直下不來，我們生存的這塊土地怎麼了？雖然大家都知道地球正在加速暖化，生存環境正在加速惡化，森林繼續被砍伐，南北極冰河冰原正大片的消失，地球真的生病了，大自然開始反撲！每年要真實面對災難，當然有許多無奈，但詩人只有一隻筆，還是要堅持用詩紀錄時代變遷中的現實，還是要認真的寫下去。

二〇一八年五月三十一日修訂於高雄市觀海樓

語言文學類　PG2212　秀詩人74

露珠

作　　者 / 李昌憲
責任編輯 / 陳彥儒
圖文排版 / 莊皓云
封面設計 / 蔡瑋筠

發 行 人 / 宋政坤
法律顧問 / 毛國樑　律師
出版發行 / 秀威資訊科技股份有限公司
114台北市內湖區瑞光路76巷65號1樓
電話：+886-2-2796-3638　傳真：+886-2-2796-1377
http://www.showwe.com.tw
劃撥帳號 / 19563868　戶名：秀威資訊科技股份有限公司
讀者服務信箱：service@showwe.com.tw
展售門市 / 國家書店（松江門市）
104台北市中山區松江路209號1樓
電話：+886-2-2518-0207　傳真：+886-2-2518-0778
網路訂購 / 秀威網路書店：https://store.showwe.tw
國家網路書店：https://www.govbooks.com.tw

2020年9月　BOD一版
定價：250元

國家圖書館出版品預行編目

露珠 / 李昌憲著. -- 一版. -- 臺北市：秀威資訊科技,
2020.09
面； 公分. -- (語言文學類 ; PG2212)(秀詩人 ; 74)
BOD版
ISBN 978-986-326-848-2(平裝)

863.51 109012780

讀者回函卡

感謝您購買本書，為提升服務品質，請填妥以下資料，將讀者回函卡直接寄回或傳真本公司，收到您的寶貴意見後，我們會收藏記錄及檢討，謝謝！

如您需要了解本公司最新出版書目、購書優惠或企劃活動，歡迎您上網查詢或下載相關資料：http:// www.showwe.com.tw

您購買的書名：________________

出生日期：________年________月________日

學歷：□高中（含）以下　□大專　□研究所（含）以上

職業：□製造業　□金融業　□資訊業　□軍警　□傳播業　□自由業

□服務業　□公務員　□教職　□學生　□家管　□其它____

購書地點：□網路書店　□實體書店　□書展　□郵購　□贈閱　□其他

您從何得知本書的消息？

□網路書店　□實體書店　□網路搜尋　□電子報　□書訊　□雜誌

□傳播媒體　□親友推薦　□網站推薦　□部落格　□其他________

您對本書的評價：（請填代號　1.非常滿意　2.滿意　3.尚可　4.再改進）

封面設計____　版面編排____　內容____　文／譯筆____　價格____

讀完書後您覺得：

□很有收穫　□有收穫　□收穫不多　□沒收穫

對我們的建議：________________

請貼
郵票

11466
台北市内湖區瑞光路 76 巷 65 號 1 樓

秀威資訊科技股份有限公司 收

BOD 數位出版事業部

(請沿線對折寄回,謝謝!)

姓　　名:________________ 年齡:________ 性別:□女　□男

郵遞區號:□□□□□

地　　址:________________________________

聯絡電話:(日)________________ (夜)________________

E-mail:________________________________